起点

一久妃子
Hiko Ichihisa

文芸社

起点　もくじ

第一章　海

至福

太陽の匂いがする。

日差しの中で目を閉じると、潮の香りと日差しの暖かさが混ざり合った、夏の匂いがする。

キラキラと青く光る海。

地平線から、ムクムクと湧き上る白い雲。

私は子供の頃よくそうしていたように、裸足のままボーっとただ海を見ていた。

目の前に広がる青い海は、私に優しい安堵感を与えてくれていた。

疲れた身体が、ゆっくりと解けていくのを感じる。

ザザァザザーと、静かな波の音が心地良く耳に響いている。

ここは、北海道の南部にある小さな漁村。

人口僅か、千人足らずの村。

湾曲した海岸沿いの、ちょうど真ん中に位置する村である。

岩場や崖はなく、柔らかな砂浜がどこまでも続いている。

北海道の漁村と言っても、演歌に歌われるような哀愁が漂う、絵になる村ではない。

港もなく、冬の寒さも、そんなに厳しくはない。雪の降る量も多くもなければ、少ないというほどでもない。

例えば学校のグラウンドで雪合戦をすると、途中から雪玉に泥が混ざったりする。

でも雪で壁を造り、多人数で雪合戦はできる。と、どこか中途半端な感じがする。

そして、やはり貧乏になり切れず、かといって余裕のない生活をしている六人家族と犬二匹が、この小さな漁村で幸せに暮らしていた。

宝物

蛍は、小学三年生。

夏休みの真っ最中だった。

夏の間蛍《ほたる》は、毎朝起きるとすぐに海へ行った。

蒲団の中から起き出すと、まっすぐに玄関に向かう。そこには、蛍の宝物が置いてあった。赤いバケツとプラスチック製の黄色い盥《たらい》。

その中にはつぶ貝や巻き貝、小さな蟹が入っていた。

生き物が好きな蛍には、それらは何より大切な宝物だった。

その宝物のために蛍は、毎朝バケツと盥の中の海水と砂を取り替えに海に行く。

海が引き潮になる、朝の五時三十分。

朝の海は、一際《ひときわ》きれいに輝いていた。

第一章　海

海は村の東に位置するので、夏は朝四時半を過ぎる頃には、太陽が昇り始める。

地平線から黄色味がかったオレンジ色の大きな太陽が、ゆっくり、ゆっくりと昇ってくる。

海全体が強い光を受けて、青い海が見えない。

太陽が昇り終るまでの僅かな時間だけ、海は金色に染まる。

金色の海に向かって、真っ直ぐ蛍は歩いていく。

右腕に赤いバケツを掛けて、両腕で抱くように黄色い盥を抱えている。

家から海までは、百メートルくらいしか離れていない。

家を出て、七、八メートルも歩くと小高い砂の丘になっている。

その丘の上から目線を下に移すと、緩《ゆる》いスロープになって波際へと続く。

更に引き潮の時は、海水まではもう百メートル近くある。

遠浅になっているその海は沖まで歩いて行ける。引き潮の時以外は船でしか行けない所まで歩いて行けるのだった。

蛍は海の真ん中を歩いているようで、ちょっと得をした気分だった。何度も何度も休みながら進む。

潮が引いた後のテカテカと濡れた砂の上には、つぶ貝や巻き貝・蟹・潮虫（団子虫のような虫）などの通った跡がある。その跡の止まった先を指で掘ると、貝類や蟹などが獲れた。

たまには、北寄貝《はっき》といった超大物も獲れた。

そうして、蛍の宝物は毎日少しずつ増えていった。

朝の一仕事を終えると、ご飯の時間だ。

蛍の家は漁師なので、朝は兄弟四人で食べていた。父も母もその頃は海の上にいた。

朝ご飯はいつも、長女の和枝が作ってくれる。

和枝の一つ年下で、今年中学に入った次女葉子もいるが、彼女は起きるのがとても遅い。

だから、一緒にご飯を食べる事もめったにない。

まだ一歳になったばかりの弟、幸太郎は大人しく、あまり手のかからない子だ。幸太郎は今シーズン、蝿に夢中のようだった。いつも空中を見回して蝿を探している。

田舎の家はどこも夏の間は、玄関が開けっ放しになっていた。そのため、虫が家の中に入り放題だった。窓も開けてはいるが、網戸があるので、虫達は玄関から堂々と入ってくる。

蛍の家の玄関には蝿取りリボンがぶら下っていた。さらに、液体の殺虫剤をしみ込ませた布も下がっている。布は母雅江のお手製で、豆絞りの手ぬぐいを半分に切り、それを縫ったものだった。子供用のハンカチ位の大きさにするとちょうど良い厚みができた。

今年は窓に網戸がなかった。正確には網がなかった。

蛍の家は、古い木造二階建ての一軒家だった。

家が古いので、窓枠は木でできていた。

その頃流行《はやり》のサッシではなかった。

だから、網戸は付いていない。

木の窓枠に直接、網を取り付けるのだった。網はベニヤ板を幅二センチ、長さ一メートルに切った〝マサ〟を使って取り付ける。

窓枠に網を付けて、四辺をマサで押さえ、マサの上から釘を打ちつける。

網を付ける作業は毎年、六月にやっていた。

ただ、忙しくてつい網の取り付けを忘れて七月になった時は、取り付けるのが面倒になり、そのまま夏を過ごすことになる。

窓まで出入り自由の虫達は、当然家の中を自由に飛んでいた。

時には、カラスアゲハなどの大型の虫も入って来た。

そんな時蛍は、誰にともなく謝り、泣きながら外へ逃げ出して行ったものだった。

疲れ

「フーッ」と大きなため息をついた。
蛍はデパートの三階にある婦人下着売場にいた。
店内には『蛍の光』の音楽が流れている。
今日は早番で出勤して来たので、本当は一時間前に帰れるはずだった。
「結局、今日も閉店までか……」。心の中で小さく呟いた。
お店の営業時間が長くなった。
どんどん、閉店時間が遅くなる。特に夏場は遅い。
接客の仕事は、店が開店中はなかなか帰れない。
交替制にはなっているが、十分な人員はいない。
だから早番の時はいつも、開店から閉店までずっと店にいる事になる。

窓のない、物に溢《あふ》れた空間。
興味のない音楽が、一日中鳴っている。
機械的な声の店内アナウンス。
子供の騒ぐ声、悪戯《いたずら》。
人のざわめく音。
制服で立っている。
四方からお客様に声を掛けられる。
「店員さん〇〇はどこですか？」
「店員さんトイレはどこ？」
パンプスを履《は》いている。
足の豆が痛い。
冷房が寒い。
蛍は日常のほんの些細《ささい》な事にも疲れを感じていた。

高校を卒業して十八年――。
好きな仕事だった。
人と話をするのが好きだった。
次から次へと新しい商品が入荷する。
それらを売場に並べるのが好きだった。
季節や行事ごとに売場を変え、飾り立てるのはとても楽しい仕事だった。
仕事仲間やお客さんと嫌なことがあった。
でもそれを吹き飛ばして、嬉しい気持ちにさせてくれるのも、仲間やお客さんだった。

いつ頃からだろう……？
蛍は考えていた。
いつから仕事を辛《つら》いと感じるようになったのか？
多分、きっとお父さんが死んでからだ。

父は、胃癌《がん》だった。
病院の嫌いな父は、癌が見つかった時はもう手遅れだった。
入院して三ヵ月後、あっという間に逝《い》ってしまった父――。
蛍、三十一歳の秋だった。
六十二歳で逝った父のちょうど半分の歳だった。
早くに逝ってしまった父。
六十二年の生涯――。
父の生涯の半分から後半に蛍の存在がある。
そのうち一緒に暮らしたのは、高校を卒業するまでの十八年間。
蛍が家を出てからは、一年に一度か二度帰るだけだった。
せいぜい二、三日泊まるだけだった。
一緒にいる時間の何と短い事だろう。
人が生きる時間とは、長いようでとても短い事でもある。
蛍が父と同じだけ生きられるとすれば、もう折り返し地点に立っている。

もちろん、父より長生きするかもしれない。
でも、父より短いかもしれない。
そんなことを、ボンヤリ考えることが多かった。

夢と現実

胸がムカムカする――。
頭が痛い――。
吐きたい――。
仕事が終った後、職場の仲間とお酒を飲んでいた。
食欲はなく、ただお酒を飲んでいた。
少し飲み過ぎたのか、激しい吐き気がした。
蛍は席を立って、トイレへ向かった。
ビルの七階にあるトイレ。
小さな窓から、色とりどりのネオンが見える。
ドクン、ドクンと血の流れが分かるような頭痛と息苦しさで、ネオンが回って見えた。

胃液の嫌な味が、口の中に広がっている。

蛍は、遠い子供の頃を思い出していた。


夏休みも残り二日となった。

夏休みの宿題を気にしながらも、蛍と親友のまりちゃんは朝から海で遊んでいた。

その日は、まりちゃんの父親が蛍の父、一太郎の船で釣りに行く事になっていた。

朝早く、まりちゃんと父親が蛍の家に来た。

蛍とまりちゃんは、海へ直行した。

最初は足だけ海に浸《ひた》っていた。

遊んでいるうちに二人はびしょびしょになり、最終的にはTシャツと短パンのまま泳いでいた。

そこへ支度を整えた父の一太郎とまりちゃんの父親がやって来た。

「一緒に行くか？」一太郎は二人に訊いた。

「行く！」二人は同時に答えた。

ポン、ポン、ポン、ポン、ポン――。

船は風を切って、ぐんぐん沖へと進んで行く。

海は青から蒼《あお》へ、そして群青色《ぐんじょういろ》へと変わっていく。

風は次から次へと蛍の髪や頬《ほお》を優しく、そして力強く通り過ぎて行く。

山々が遠くに見え、すっかり陸《おか》が見えなくなった所で船は止まった。

空は青く高く、波は穏やかだ。

まりちゃんは父親に、釣りの手ほどきを受けている。

蛍も一太郎に餌をつけてもらった。

蛍とまりちゃんは、船の後ろで左右に分かれて立っている。お互いに背中を向けて、海を向き釣糸を垂らしていた。

まりちゃんの隣に父親が並んで立ち、釣糸を垂れている。

一太郎は船の先端に座って、煙草を吸いながら一息ついていた。

釣りを始めて十分も経っただろうか……。

蛍は胸のムカつきを感じた。

嫌な予感がした。

蛍は、ムカつく感じを努めて無視しようとがんばっていた。

「ウッ！」。突然胃から苦い物が上がってきた。

口の中が甘酸っぱく、下顎《したあご》の左右がキュンとした。

胃液を吐いたのだ。

朝、ご飯も食べずに海で遊び空腹になっていたので、胃液を吐いてしまった。

船酔いだった。

当然の結果であった。

漁師の娘ではあるが、普段漁船に乗ることはめったにないし穏やかな波でも小さな船は停泊すると、グラグラ揺れる。

蛍が胃液を吐いてから五分もしないうちに、まりちゃんも同じ状態になっていた。

二人の船釣りの初体験は、胃液と同じ苦い想い出となった。

蛍は子供の頃の思い出と言えば、すぐ小学三年生の頃を思い出す。

どうしてなのか、三年生の時の出来事は記憶にはっきり残っている。

いろいろなことがあり、自我に目覚めた頃だったのかもしれない。

親友のまりちゃんとは、今も昔と変わらない関係が続いている。

もちろん、子供の頃のようにいつも会えるわけではないが、一年に一度か二年に一度は会っている。

まりちゃんは結婚していて、二人の子供がいる。

御主人は二歳年上の大学時代の先輩で、高校の教師をしている。

まりちゃんの住んでいる町は、蛍の街から車で五時間はかかる距離だ。

静かな田舎町の教員住宅で、幸せに暮らしている。

蛍とは全く別の世界で暮らしていた。

二人が同じ時間を過ごしたのは、小学三年から、中学三年の六年間だけだった。

高校へ行く時には、お互い別々の道を選んだ。

子供の頃の二人はよく喧嘩をし、たくさん悩み、何でも相談し合った。

出会い

まりちゃんと初めて会ったのも小学三年生だった。
小学三年生の四月、まりちゃんは転校して来た。
蛍の学校は一学年に一クラスしかなく男女合わせても二十人前後しかいなかった。
全校生徒で、百三十人弱。
親のほとんどが漁師か農家か、村で唯一のベニヤ工場で働いていた。
学年によってはたまに、床屋、雑貨屋、酒屋の子供が混ざる程度だった。
転校生は、たいていが学校の先生か、鉄道員の子供だった。
まりちゃんのお父さんは中学校の先生で、この春蛍の村へ転勤して来たのだ。
「初めまして。中田まり子です。皆さんよろしくお願いします」
ハキハキとした口調、村では珍しい狼カット、自分と同じくらいの身長のまりちゃんを蛍は一目で好きになった。

転校生のまりちゃんは、村の中しか知らない蛍に新しい風を持って来てくれた。

蛍は同じ学年に密《ひそ》かに好きな男の子がいた。

それなりに仲の良い友達もいた。

でも、学校生活はあまりたのしいものではなかった。

原因は父の一太郎だった。

一太郎は酒飲みで、朝から酒を飲んだ日はよく漁に出るのをサボっていた。

赤い顔で昼間から外をふらつく姿は、小さな村ではすぐ噂になる。

親達が家で一太郎の噂をすると、子供達はストレートに蛍を苛《いじ》める。

「昨日の学校の帰り、蛍の父さん赤い顔して、駅前を歩いてたぜ。何で昼間なのに働いてないのよ。だからおまえんち貧乏なのか？」

「お父さん、昨日はちょっと用事があったんだ」蛍は思わず、嘘をついた。

別の男の子が言う。

「俺なんか何回も見たぜ」

子供の言い訳など知れている。

こうして蛍は学校で時々無口になり、なんとなく居心地が悪い思いをしていた。

仲良くしている女の子も別に味方はしてくれない。

皆、優位に立っているのだ。口には出していなくても貧乏で、あまり勉強の出来ない蛍を自分より下に見て馬鹿にしているのだった。

自分の家は村八分になりかかっているんだ、と蛍は感じていた。

まりちゃんが現われたのはそんな時だった。

まりちゃんもクラスで一番背の高い蛍を、気にしているようだった。

幸い、家も同じ方向だったので、帰りは一緒に帰ってあげるようにと、蛍は先生から頼まれた。

それをきっかけに、二人はどんどん仲良くなっていった。

母・雅江

秋――。
休日に近くの海へドライブに行った。
夕方の六時に帰宅。
辺りはもうすっかり暗くなっている。
蛍は、マンションの屋上駐車場に車を止めた。
車から降り、後ろのドアを開けてジャケットを取った。
ジャケットを右腕に掛け、空を見上げた。
高く遠い秋空に大きな月が涼し気な光を放っていた。
かすかに秋の匂いがした。
キーンと冷えた空気に体温の混ざり合う匂い。

あの時の匂いだ。
蛍は静かに雅江を思い出していた。
冷たい月に照らされた道を、四人は黙々と歩いている。
蛍。
母、雅江。
同級生のたっくん。
たっくんのお母さん。
午後六時。夕食の時間という失礼な時に蛍と雅江は、たっくんの家を訪ねたのだった。
「こんな時間にすみません。どうしても確かめたい事があって、お伺いしました」
突然訪ねたにも関《かか》わらず、たっくんのお母さんは優しい明るい笑顔で出て来た。
手には菜箸《さいばし》を持っている。
白地に大きな花柄のサロンエプロンをしていた。

玄関に入ると強い油の匂いがした。
たっくんのお母さんを目の前にして、蛍はドキドキしていた。
こんな時間に訪ねて、死にたいくらい恥かしかった。
ただ、じっとうつむいていた。
雅江は恐縮そうに話を切り出した。
事件の始まりは、その日の午前中に蛍の知らない所で起きていた。
十一月の初めに学芸会があった。
蛍のクラスでは班ごとに別れて、仮装をする事になっていた。
蛍の班は五人。
班長のたっくん。
蛍の嫌いなしんちゃん。
床屋の娘でお洒落な江利ちゃん。
親友のまりちゃん。
それに蛍の五人だった。

仮装の準備で使用する、画用紙や折り紙、紙テープなど細々した物は班ごとに用意することになっていた。

学校の指定になっているお店に行き、付けで買い物をする。

仮装の準備が終わり、買い物が全部済んでから支払いに行く事になっていた。

蛍は会計係だった。

蛍の班は、一人三百円かかった。

五人分のお金を集めてお店に支払いに行くという、大事な係だ。

蛍は学芸会の三日前からお金を集め始めていた。

「明日、三百円持って来てね」。お願いしても必ず忘れてくる人がいるのを蛍は知っていた。

蛍をいつも馬鹿にしているしんちゃんだ。

しんちゃんの家も貧しかった。頭も悪い。

それで、しんちゃんは蛍を馬鹿にすることで優位に立とうとしているのだった。

しんちゃんはいつも忘れ物をしていた。

だから蛍は早めに声を掛け、学芸会の前日にはお店に支払いに行こうとしていた。
そして、安心して学芸会を迎えようと考えていた。
案の定、しんちゃんは二日間お金を忘れて、支払日にやっと持って来た。

雅江のプライド

雅江は買い物に来ていた。

学校の指定になっているお店。

学芸会が終り、二日経っていた。

学校指定になっているそのお店は、老夫婦がやっている小さな雑貨屋だった。

店のおばさんは、雅江を見ると怒鳴るように大きな声で言った。

「あんたの所の蛍ちゃん。まだお金を払いに来てないよ。学芸会はもう終ってるのに、親の支払いが悪いと、子供も悪いのかい？」

雅江は何も買わずに店を出た。

その日、蛍は掃除当番で日直という忙しい一日だった。

掃除が終った後も、まりちゃんと体育館で遊び、家に帰ったのは四時半を過ぎていた。

「ただいま」玄関を開けると、真剣な顔をした雅江が立っていた。

「ちょっとおいで。大事な話があるから」

雅江は、蛍が会計係をしていることも、班の代表者として付けの伝票に自分の名前を書いてあることも知っていた。

名前を書いてある人に、全責任がある。

お金のことなので絶対間違いのないように、直接自分で支払いに行くようにと、蛍は雅江から何度も言われていた。

支払い期限も必ず守るように言われた。

学芸会の次の日が、支払い最終日だった。

学芸会の前の日、学校の帰りに蛍は支払いに行こうとしていた。

帰りの会が終り、帰る準備をしている時にたっくんが蛍の席に来た。

班長のたっくんは、全部お金が集まったのか、いつ支払いに行くのかを聞いてきた。

蛍はこれから支払いに行くことを話した。

するとたっくんは、自分が支払いに行ってあげると言った。

蛍の家が店と逆方向だったので、自分が帰るときに店の前を通るからついでに寄ってくれると言う訳だった。

蛍はたっくんが好きだった。

努力家で、勉強もスポーツもよくできる。

クラスのリーダー的な存在で、責任感が強い男の子だった。

自分より背の高い蛍を、雌ゴリラなどと呼んでいた。

でも他の子達のような意地悪は言わなかった。

むしろ苛《いじ》められている現場を見るとかばってくれた。

他の友達なら断るところだが、たっくんなら大丈夫と、蛍はお金を渡した。

雅江にはたっくんが好きだから渡したとは言わず、「班長のたっくんに頼んだ。」とだけ言った。

蛍は、直接自分で支払いに行かなかったことをひどく怒られた。

お金の件は結局、店の間違いだった。

たっくんは学芸会の前日、支払いを済ませていた。

たっくんが店に行った時は、おじさんが一人で店番をしていた。

おじさんは付けの伝票に(済)を忘れたのだった。

お母さん、プライドが高く、気性が激しかったからな。まさか、あの店のおばさんも閉店してから、子供達を連れて来るとは思わなかったろうな。

蛍は無性に雅江に会いたくなった。

第二章　ストレス

雪

雪が降っている。
風がない静かな夜。
雪に覆《おお》われた月が弱々しい光を放っている。
通勤帰りのバスの中。
午後十一時近い。
バスの中は静かだった。エンジンの音だけが耳に響いている。
鞄の中には、明日までにやらなければならない書類が入っている。
蛍は、鞄を妙に重たく感じていた。
今日は、店が閉店してから会議があった。
いつも通りのくだらない会議――。

そして、ほとんど意味のない提出書類の要求。

本社のデスクに座り、パソコンを見つめてデータと数字がすべての人達。

現場を見るだけで、見つめようとしない人達。

そんな人達が会議でもっともらしい事を並べ立てる。

机に座り、データ分析をして売り上げが作れるのなら、みんな一日中机に座っているよ。

蛍は疲れきった頭の中で、そんな事を思っていた。

バスの窓にもたれて、宙をみつめるように外へ目を向けた。

今夜はかなり積もるだろうな。蛍の中に懐かしい思い出が込み上げて来た。

音もなく、しんしんと大きな雪が降っている。こんな降りかたをする雪は、たくさん積もる雪だ。

十畳間の茶の間のカーテンを右手で少し開け、蛍は外を覗《のぞ》いてみた。

風があるわけでも、音がするわけでもない。

でも、雪の気配がある。
積もる雪――。
積もる雪が降る時は、いつも気配があるのだ。
夜、家の中にいても蛍は雪の気配を感じる事ができる。理由は特にないがただ感じる。
蛍は積もる雪が大好きだった。
積もる雪とは、よく冷え込んだ日に降る、乾いた大きな雪の事だ。
月夜の明るい夜に、しんしんと降り出し、あっという間に月は隠れていく。
月は白いレースの幕で覆《おお》われたように、ボワァと弱い光が見えているだけだ。
その夜も、いい感じで降っていた。
明日は、チャッピーの小屋の後ろに家を作れる。蛍は心の中で喜んでいた。
蛍の家には、シロとチャッピーという二匹の犬がいた。
雑種の中型犬で、二匹とも真っ白な犬だ。
シロは雌犬で五歳。眼の縁はアイライナーをしているように黒く、瞳も黒く潤《うる》んでいる。人間だったらかなりの美人に違いない。

近所の犬社会のマドンナ的な存在で、よく雄犬が遊びに来ていた。

チャッピーはシロの子供で、男の子だ。

まだ生後半年だが、からだの大きさはシロと同じくらいあった。

その幼い顔は、シロにそっくりだ。

生命力に溢《あふ》れ、やんちゃ盛りのチャッピーは蛍の大のお気に入りだった。

今は冬休み中——。

蛍の学校は夏休みも、冬休みも二十五日ずつだった。

たぶん、夏がとても暑いとか、冬がすごく厳しいという事がない、気候のせいと思われる。

気候が中途半端だと、休暇まで中途半端な長さであった。

冬休みは、蛍もまりちゃんも家を中心に遊ぶ事が多かった。

そんなわけで、冬休みの大半は自力で過ごす事になる。

夏休み同様に、蛍はほとんど毎日外で遊んでいた。

蛍の村は、北海道では雪が少ない地方だ。

それでも冬休みになる頃の、十二月二十日過ぎにはミニスキーや、ソリ遊びができる程度に積もる。

その頃一番好きだった遊びは、雪で家を作る事だった。

家と言っても、屋根があるわけではない。

畑や空き地に積もった雪に階段を作ったり、椅子やテーブル、台所などを作る。

雪かきやシャベルを使い、雪を積み上げたり削ったりして作る。

犬小屋の屋根の高さに雪が積もると、犬小屋を地下室に見立てて家作りをするのであった。

チャッピーやシロに邪魔をされ、二匹と一緒に雪の上に転んだ。

一人と二匹は転んだまま戯《じゃ》れ合い、そのまま家作りが中断してしまう事もあった。

チャッピーは全身で喜びを表し、興奮している。温かい体、外で飼っている犬の独特な匂い。

尻尾《しっぽ》をちぎれそうなほど振っていた。

孤独

蛍はいつの間にか、一人で微笑んでいた。

バス停が近づいていた。

暖房のよく効いているバスから降りると、鼻の穴からキーンと脳の中まで冷たい空気が入ってきた。

痺《しび》れるように深い、冬の匂いがした。

蛍は、お気に入りの家具やカーテン、カップ達の待つマンションへと歩き出した。

春。

地下鉄のホーム。

真新しいパンプスや革靴の音が響いている。

蛍は遅番出勤で、ラッシュ時間が終った頃ホームを歩いていた。

新しい布の匂いが残っていそうなスーツ姿の男女が、あちらこちらに歩いている
もう入社式のシーズンか。こんな時間から出勤する新社会人がいるんだ。

何となく眩《まぶ》しい物を見るように、蛍は新しい匂いのするスーツを眼で追っていた。

不景気続きで、蛍の店には二年連続で新入社員がいなかった。

いつもと変わらない生活。春が来て、また去年と同じ一年が始まる。

蛍は、世間の明るさや、華やかさの中から一人取り残されたように重く沈んだ気持ちになった。

特に嫌な事があったわけでもない。

何もないから寂しかった。

蛍には、嫌な事も、楽しい事も打ち込める何かもなかった。

毎日が平和に、一年前と同じに、二年前と同じに繰り返し過ぎて行くだけだ。

何年前から、毎日が同じになったのだろう。

そんな事を思うと、胸が締め付けられるように痛んだ。

何かを思い出したい。
何かを取り戻したい。
胸の奥で切ない悲鳴が聞こえた。
まりちゃんに会いたい。
蛍の心は、時間を飛んだ。

秘密の時間

春の匂いがしていた。
青臭い緑の匂いに、生暖かい空気が漂う匂い。
蛍とまりちゃんは夕方の海を見ていた。
誰もいなくなった浜辺に、波の音だけが心地良く流れている。
海は村の東側にある。
夕日は見えない、ただ静かな海だった。
まだ肌寒さの残る春の海は、ひんやりとした空気が気持ち良い。
波際では、シロとチャッピーが遊んでいる。
二人は砂の上に座っていた。
二人は何を描くわけでもなく、砂の上で指を動かしていた。

まりちゃんが転校して来て、一年が過ぎようとしていた。

この一年で、二人はすっかり打ち解けていた。

二人はいつも海に散歩に来ては、たくさんの話をする。

学校の話や、家族の事、好きな男の子の事。困った事や、悲しい時は一緒に泣いたりもした。あの時の事も早くまりちゃんに話したくて、聞いてもらいたくてたまらなく会いたかった。

とびきり嬉しい事があった。

春休み最後の日。蛍はいつものように、シロとチャッピーを連れて海に散歩に出かけた。

家を出る時はきちんと紐《ひも》を付けているが、海辺に着くと散歩用の紐を外して二匹を自由にする。

二匹は蛍の周りをぐるぐる回り、飛びつき顔を舐《な》めると、あっと言う間に砂浜を駆けて見えなくなる。

二匹を見送り、蛍は砂の上に座りずっと海を見ていた。

こんな一日の終りの時間が大好きだった。

「ちょっといいか？」

聞き憶えのある声がした。

振り返ると、二つ年上の誠が立っていた。

誠は蛍に返事をする暇も与えず、いきなり大変な事を言った。

「こいつ、お前の事好きなんだって」

ニヤッと笑った誠の後ろに、顔を真っ赤にしたたっくんが立っていた。

誠は、たっくんと同じベニヤ工場の社宅に住んでいた。

二人はとても仲が良かった。

学校が終ると一緒に野球をしたり、自転車に乗って川へ釣りに出かけたりしていた。

蛍は、あまりの驚きと喜びで何も言えずに、ペコッと頭を下げて一目散に家に帰って来てしまった。

結局、その事をまりちゃんに話したのは次の日の始業式が終り、学校から帰ってから海へ行った時だった。

まりちゃんは、自分の事のように喜んでくれた。
蛍とまりちゃんの海での秘密のお話は、中学を卒業するまで続いていた。
中学では二人共、バレーボール部に入っていた。
部の活動が終る中学三年の秋頃から、二人の話は進路についてのことが多かった。
そして次の年の春、二人は別々の道を歩き出した。
まりちゃんは、村から百キロほど離れた私立高校へ行き、寮生活が始まった。
蛍は村から列車で三十分で通える、地元に近い公立高校へ入学した。

逃避

まり子と離れて生活をするようになって、何年経ったのだろう……。
蛍は現実に戻れなくなっていた。
次から次へと、いろいろな想い出が蛍を襲っていた。

暑い夏の夜、家族六人でシロとチャッピーを連れて海で花火をした事。
その時、月の光で海が照らされていた。
海には地平線に向かって、段々と細くなっていく光の道がどこまでも続いていた。
また海は、美しい顔だけではなかった。
あれは、一太郎に連れられて鮭漁に行った時だった。
どんよりとした灰色の空。

船の上にいる蛍の頬《ほお》を、秋風が容赦《ようしゃ》なく殴る。

刺すように冷たい空気に、全身が包まれていた。

蛍はじっと海を見つめている。

透明度を失った黒い海を見つめていると、ザワザワと鳥肌が立つような恐怖を感じた。

蛍は昨夜《ゆうべ》見た、金曜ロードショーを思い出した。

今にも海の中から、ガバッとゾンビ達が這《は》い出してきて、蛍をガシッと捕まえるような気がした。

蛍は思わず、海から眼を逸らした。

逸らした目線の先には、鮭の軍団が船の床を、どす黒くうねうねと埋め尽くしていた。

寒空の中を海猫達が飛んでいた。

蛍は限界だった。

人混みの中、溢《あふ》れ出て来る涙を止める事ができなかった。

自分はなぜ、ここにたった一人でいるのか？

雅江は？　一太郎は？　幸太郎――。

お姉ちゃん達は、今どこで何をしているの？

チャッピー、シロちゃん――。

みんな今、どこにいるの？

蛍は独り、出口の見えない洞窟を彷徨《さまよ》っていた。


蛍は、高校を卒業して十八歳で都会に住んだ。

最初は楽しい事ばかりで、目の回るような時間の流れに身を任せ、初めての独り暮らしに寂しさを感じる暇などなかった。

ホームシックにかかる事もなかった。

仕事の厳しさも、社会の中にポンと飛び出した不安も、何もかもが新鮮で刺激的だった。

もちろん、恋もした。

結婚を真剣に考えた相手もいた。

蛍は、どうしても結婚には抵抗があった。

既婚女性が、男社会の中で働き続ける事の厳しさを感じていた。

別に一生続けたいほど仕事が好きなわけではなかったが、家庭の中だけが自分のすべてになるのが嫌だった。

結婚を考える時、母雅江を思う。

雅江の事は、大好きで尊敬している。

もっとも、尊敬するようになったのは、自分で生活するようになってからだった。

酒飲みの一太郎と、四人の子供の子育て、家事と漁師の仕事――。

一日中、働き詰めの毎日。

雅江が化粧をした姿は、めったに見た事がなかった。

着ている服も、貰い物か古い物ばかりで、一度友達に言われた事があった。

「蛍ちゃんのお母さん。いっつも同じ服着てるんだね」

その時蛍は、愛想笑いをしただけだった。

蛍は怒っていた。

何も知らないくせに――。

昭和ひとけた生まれで、明治生まれのお祖母さんに育てられた雅江は、何よりも夫と子供を大切にした。

継《つ》ぎのしてある雅江の靴下や下着を見て、蛍はいつも不思議に思っていた。

家族の中で継ぎのしてある下着を身に付けているのは、雅江だけだった。

「どうしてお母さんは、新しいパンツ買わないの？」

ある日、蛍は雅江に訊いた。

雅江は当たり前の顔をして答えた。

「学校に行くあんた達子供や、外で働く男の人には新しいのを着せないとね。家の中にいる女ってのは、何でもいいんだよ」

「フーン。お母さんだって海で働いてるのに……」

蛍は一言そう言った。

雅江は、そのうちわかるよ、という目つきで蛍を見ただけだった。
いつも自分より、私達や一太郎を優先していた。
なぜそこまで自分を犠牲にできるのか？
母としての雅江。
妻としての雅江。
一人の人間としての雅江は？
蛍はいつもそこで考え込んでしまう。
結婚をすると、一人の人間として自由に生きる事は無理なのだろうか……。
仕事をし、子育てをし、妻の顔を持つ。
自分の時間を持ち、楽しむ。
人として当たり前の事ができないのか？
雅江のようには生きたくない。蛍は答えが出せずにいた。

居場所

蛍が社会人一年生となった、昭和五十九年。

世間にはセクハラという言葉がなかった。

新人の若い女の子達は、社内の酒の席では男性社員のセクハラの的だった。

無礼講と言っては、手を握る者、酒を注がせ煙草に火を点けさせる者……。

そんな様子を誰一人として、とがめる人はいない。

それどころか、酔っ払いを上手に扱うのも仕事のうちだと教えられた。

女は数年働いた後、結婚退職が普通とされていた。

当時は三十歳近くまで独身で働いていると、いい年をして、いつまでいるのかと言われたりしていた。

いい年とは……一体いつからいい年になるのだろう。

三十歳といえば、自分の仕事以外にも目配りができたり、役職に就く頃ではないのか？

今は四十歳以上の女性が、一つの会社でずっと働いているのも珍しくはない。

セクハラと言う言葉も注目を浴び、昔ほどひどい扱いも少ない。

でも、男中心の社会に変わりはない。

女の場合のみ、結婚をし、子供が生まれたら、それまでの居場所も役職もなくなる事が多い——。

独身で一生懸命働いていても、それは変わらないのかも知れない、と蛍は思った。

ここ数年、職場に居心地の悪さを感じていた。

子供の頃の教室の中。まりちゃんが転校して来る前までの、居心地の悪さに似ていた。

お父さん——。父、一太郎の顔が浮かんだ。

あの頃、蛍は一太郎がいなければいいと思った。

酒飲みの一太郎が嫌だった。

酒屋に付けが溜まると、蛍に酒を買わせに行かせた一太郎。

酒屋のおじさんは、事情を知らない子供の蛍が酒を買いに行くと、「今度からは、お父さんか、お母さんとおいで」と一言だけ言って、一升瓶を持たせてくれたものだった。

付けが溜まり、子供でも駄目になると一太郎は娘達の貯金箱や財布を物色するのだった。

蛍が学校から帰ると、大切にしていたパンダの貯金箱のお尻が破けていた事があった。

それは、パンダが両足を前に投げ出して、お尻で座っている形をしていた。

両手に笹を持って、口に笹を運んでいる、とても可愛らしいものだった。

パンダの頭の後ろからコインを投入できるようになっていた。お金を取り出す時は、底になっているお尻に、糊《のり》で貼り付けてある布を破くようになっていた。

蛍は一枚目の百円玉を入れた時から、パンダの中が一杯になったら破いて見ようと楽しみにしていた。

二番目の姉の葉子は要領が良く、財布にお金を全部入れて持ち歩いていた。学校へ行く時も、隠して持って行った。

長女の和枝は、一太郎の様子を察すると自分からおこづかいを渡しているようだった。

酒を飲んでは働かずに、海に釣りに出掛け、帰ると寝てばかりの一太郎を蛍は邪魔に思った。

一太郎がいなければ、学校で馬鹿にされないのに。母子家庭なら貧乏でも恥ずかしくないのに。せめて、入院でもしてくれたなら、「お父さんは、病気なんだ。だから働けないの」と馬鹿にする人達に言い返せるのに。

蛍は本気で思っていた。

一太郎の生きる道

馬鹿な事を考えていたな。蛍は一人で苦笑した。

子供とは、何て残酷でストレートなのだろう。

でも、一太郎を本気で嫌いになる事はなかった。今の蛍には、それが救いだった。

一太郎は酒を飲む事を除けば、優しい父親だった。

酔っても酒乱などは起こさず、ただ陽気になり寝るだけだった。

あまり働かなかったのは、社会人として親として至らなかったかも知れない。

でも、今にして思えば生きていくのに大切な事を、一太郎は自分の生き方で教えてくれたような気がする。

近所に一人暮らしの老人が何人かいた。

一太郎は付き合いのある何人かの老人の家に、よく遊びに出かけていた。

夏場は庭の草取りや畑などを手伝い、冬場は家の周りの雪かきをしたりしていた。

だからといって、お金を貰う事はしなかった。

シロやチャッピーをよく自由にしていた。

朝起きると必ず、二匹を散歩させていた。

散歩と言っても、鎖《くさり》から離すだけだった。

首輪だけを付け、自由の身となった二匹は毎朝存分に走り、好きな場所へ行った。

そのおかげで近所からは、ずいぶん苦情が来た。

弱い立場の者に手を貸す事、生き物は自由に生きる事、一太郎は当り前の事をし、自分に正直に生きたのだ。

喘息《ぜんそく》の持病を持っていた一太郎は、自分よりいろいろな意味で強い雅江の手を借りて生きていたのだろうか？

雅江には、ずいぶん迷惑な話だ。

思わず蛍は、声を出して笑った。

蛍の独りの世界は続いた。
弟の孝太郎を想うと胸が痛んだ。

孝ちゃんバイバイ

孝太郎は二十歳でこの世を去った。

バイクの事故だった。

あと二ヵ月で成人式を迎えるはずだった年の十一月、あっけなく逝《い》ってしまった。

孝太郎は、蛍と同じ高校を卒業し、村から二百キロ離れた街の自短大（自動車整備大学）に入学した。

三人の姉と一人だけ年の離れた孝太郎は、短大に進む事ができた。

和枝、葉子、蛍の援助があったからだった。

内気で無口な孝太郎は、機械をいじるのが好きだった。

蛍が八歳になる年の春、孝太郎が生まれた。

それまで末っ子だった蛍は、自分より遥かに小さく頼りない赤ん坊の孝太郎を、不思議な気持ちで受け入れていた。

動くおもちゃのようで楽しかった。

ままごと遊びの時は、今まで使っていた姉達のお下がりの人形をやめて、本物の赤ん坊の孝太郎を使った。

たまにうるさく泣く時もあったが、お下がりの人形より百倍も楽しかった。

孝太郎と一緒に暮らしたのは、わずか十年だった。

その後の成長は、雅江が電話で話すのを聞いたり、家に帰った時に会うだけだった。

孝太郎は見た目は頼りなかった。

雅江譲りの白い肌と、ヒョロっと細く長い手足。

痩せ型の一太郎を、引っ張って長くしたようだった。

でも孝太郎は見た目の貧弱さと違い、強い意志を持っていた。

一時的とは言え、孝太郎が村を出て大学に行きたいと言い出した時に、一太郎はひどく反対した。

一人息子の孝太郎を離したくなかったのだろう。

すでに三人の娘も村から出ていたので、無理もなかった。

逆に雅江は、孝太郎の味方だった。

寂しいが離れても自分の息子である事には変わりがない。やりたい事があるのなら、できる限りの事をしてあげたい。と雅江は三人の娘に援助を頼んだのだった。

孝太郎は粘り強く、一太郎を説得したようだ。

短大に行く二年間だけを、自由にさせて欲しい。卒業したら村に戻って来る。そして家から通える町に就職する事を約束した。

孝太郎は、その約束を守れるはずだった。

あの事故がなければ彼は、三ヵ月後に卒業し、家に戻っていた。

家から車で三十分程離れた町の、車のディーラーに就職が決まっていた。

あの日がなければ――。

九年前の十一月。

十一月の初めにしては珍しく、雪が散らついていた。

孝太郎は友達のバイクの修理をしていた。

修理が終り、テスト走行に近くの海まで出かけるらしかった。

海岸沿いに出て、左に日本海を映しながら冷たい風を切っていた。

目的の駐車場まで、もうすぐの時だった。

緩い右カーブの橋の上で、バイクは宙に飛んだ。

運転歴の浅い孝太郎は、路面の状況を読めなかったのだ。

小雪の散らつくその季節は、一般道路は凍っていなくても、橋の上や、トンネルの出入口など部分的に凍結している場所がある。

日陰になっている、峠のカーブなどもそうだ。

北海道の初冬と春の一歩手前の季節は、こうした冬型の事故が多い。

凍結した橋の路面に気が付かず、孝太郎はそのままのスピードでカーブを曲がろうとしたのだった。

孝太郎は、ガードレールにぶつかり、そのまま川に落ちた。ガボンと鈍い音がした。

水を飲んではいないので、おそらく即死だったらしいと言われた。

苦しまずに逝ったのが、せめてもの救いだった。

あの日、あの寒空の中、孝太郎はなぜ海に行こうと思ったのか？
テスト走行なら、その辺で済んだはず。
最後の海は、どう映ったのだろう。
蛍の閉じた目尻から、熱い滴《しずく》が頬《ほお》を伝った。
あの時、五人は一つになり深い悲しみの中にいた。

第三章　挫折と再生

和姉ちゃん

和姉ちゃん、元気かな。
やさしく、しっかり者の和姉ちゃん。

一太郎にパンダの貯金箱が破られた時、蛍は泣いた。
和枝は何も言わずに蛍の頭をなでた。
パンダの底に合わせて、厚紙を切り、紙テープで止めた。
底の出来たパンダの頭から、自分の百円玉を一枚入れた。
哀しい目をした和枝に、蛍は何も言えずに、泣き笑いをした。
和枝も蛍と同じ高校に行っていた。
卒業後、高校のある同じ町の建設会社の事務をやっていた。

雅江の苦労を誰よりも理解していた和枝は、家を出る事を諦め、経済的にも精神的にも雅江の力となっていた。

和枝は三姉妹の中で、一番美しかった。

透けるような白い肌と、くっきりとした二重瞼《ふたえまぶた》、卵形の輪郭、花車《きゃしゃ》な身体は、女性から見ても守りたくなるような気持ちにさせられた。

とても、貧しい漁師の娘には見えなかった。

五歳年上の美しい姉は、蛍の自慢だった。

当然、嫁に行くのも早かった。

和枝は二十二歳という若さで結婚した。

相手は和枝より三歳年上の、自衛隊の人だった。

和枝は結婚後も仕事を続け、家への援助を続けていた。

和枝の会社の近くに自衛隊の基地があり、そのすぐ側に自衛隊官舎があった。

嫁に行ったとはいえ、近くの町に和枝が住んでいる事を、雅江も一太郎も大いに喜んでいた。

もちろん、蛍も嬉しかった。

十七歳の蛍は、高校二年生だったので、学校の帰りはよく和枝の家に寄った。

学校祭や、球技大会の最中などは泊まったりしていた。

蛍が高校を卒業して、三年後に和枝は九州に行く事になった。

自衛隊に転勤がある事を、忘れていた。

雅江も一太郎もしばらくは元気がなかった。

蛍が家を出られたのも、和枝の存在が大きかった。

家の事情や、孝太郎の事を考えると蛍は家から離れるのをためらった。

蛍は都会へ出たかった。

広い街で、いろいろな物を見て、経験して、いずれは外国にも行きたいと思っていた。

世界中の国を見て、日本人以外のたくさんの人の生活を見たかった。

小学校一年頃から見だしたテレビ番組に、「兼高《かねたか》かおる　世界の旅」というのがあった。

世界中の国を紹介してくれるその番組に、蛍は一目で夢中になった。
世界を見たい――。
蛍に、初めて大きな夢ができた。
それにはまず、村を出なければならない。
きちんと就職して、お金を貯める必要がある。
そうなると、和枝一人に家を押しつける事になってしまう。
蛍は悩み、迷った。
蛍の子供の頃からの夢を知っていた和枝は、後押ししてくれた。
「若いうちに、好きな事をし、好きな所へ行って見るといい」とひとこと言った。
心優しい義理の兄も、家の事は心配いらないと力強く言った。
和枝の一言は嬉しくもあり、心が痛むひとことでもあった。
蛍は、東京に出ようと考えていたがやめた。
何も北海道から出なくたっていい。
北海道でも、就職しお金を貯め、外国へ行ける。

それに、家に何かあっても陸続きならいつでも村に帰る事ができる。

そう考え、蛍は今の街に住んだ。

あの時は、まさかわずか三年後に和枝が北海道からいなくなるとは、夢にも思わなかった。

和枝が町を離れると聞いても、蛍は村へ戻ろうとは思わなくなっていた。

姉・葉子

葉子の顔が浮かんだ。
ずる賢く、要領のいい葉子。
いつも自分の事だけ考えていた。
子供の頃から、見栄張りで身を飾るのが好きだった。
和枝と年子の葉子は小学生の頃から体格が同じくらいだった。
御陰で蛍のように、お下がりの服を着る事はほとんどなかった。
逆に蛍は、二人分のお下がりが来るので新しい服を着る事はほとんどなかった。
和枝のお下がりの服には、シミが付いていたり綻《ほころ》びがある事は一度もなかった。
蛍が着る事になるのを知っている和枝は服の汚れや、傷みには気を付けてくれていた。

一方、葉子のお下がりは、洗濯で伸び、色褪《いろあ》せた服が多かった。

ボタンの取れた服や、ファスナーの壊れたスカートもあった。

葉子はボタンが取れても探して拾う事はしなかった。

葉子のブラウスやカーディガンは、袖のボタンの色が違うものや、胸のボタンが一つだけ微妙に大きさが違うものがあった。

葉子は和枝に嫉妬しているようだった。

細身ではあるが、色黒でホームベース型の大きな顔の葉子は、身内のひいき目で見ても美人とは言えなかった。

和枝が雅江から、信頼されているのも気に入らないようだった。

葉子は中学に入ると、友達から服を借りたり、バッグを借りたりしていた。

随分雅江に怒られていたが、高校に入ってからはますますエスカレートしていった。

葉子は高校を卒業して、すぐに家を出た。

雅江や一太郎に何の相談もせず、一人で東京行きを決めた。

有名化粧品メーカーに就職したのだった。

きれいな和枝に負けたくなかったのだろう。

その時中学二年生だった蛍は、顔を直す前に性格直せよ、と密かに思っていた。

そんな葉子の気持ちや態度に対しても、和枝はいつも冷静に優しく接していた。

蛍は葉子と暮らした十四年間の大半を、喧嘩《けんか》していたような気がした。

蛍は、葉子が東京へ行く事になっても別に気にもしなかった。むしろ少し嬉しかったのかも知れない。

子供の頃って、本当に意地悪な事を思うものだとつくづく思った。

そんな葉子も、孝太郎が短大へ行く時には積極的に援助をしていた。

葉子は二十五歳で結婚をし、二十九歳で離婚していた。

離婚後はまた化粧品メーカーに再就職して、大型スーパーやデパートの美容部員をしていた。

蛍は、葉子が家を出てから何度顔を合わせただろうと考えてみた。和枝の結婚式の時と、葉子の結婚式、孝太郎の葬儀、一太郎の葬儀と雅江の葬儀――。

同じ家で育ったとはいえ、大人になればそんなものかと思った。

葬儀が三度――。
六人家族の内、三人が亡くなった――。
複雑で、哀しい気持ちになった。
蛍はまだ三十七歳なのに、三度も身内の死を見た事が哀しかった。

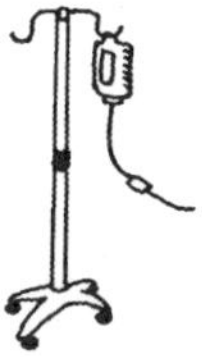

最期の別れ

父、一太郎は孝太郎の死からわずか二年と十ヵ月でこの世を去った。

孝太郎の死後、一太郎は一気に老け込んでいった。

六十代になったばかりの一太郎の癌の進行はとても早いものだった。

一太郎が逝ったその日は、九月の終りとは思えないほどの暑い一日だった。

太陽が沈んだほんのり青白い空に、大きな満月があった。

村から車で五分の隣町の病院。

窓からは、一太郎の好きな海がよく見えた。

海には黄金に輝く、満月の光の道が続いていた。

病院にいる雅江から連絡が入り、蛍が病院に着いた時には、一太郎はもう意識がなかった。

たくさんのチューブを体のあちこちに付けられて、昏々《こんこん》と眠っていた。

心臓の動きを伝えるモニターが、ピッ、ピッと弱々しい音を出していた。

病室に入った蛍は、まるでテレビのワンシーンを見ているようだった。

あまりにも急だった。

蛍はその光景を、現実としてなかなか受け入れられなかった。

わずか一週間前、お見舞に来た蛍に向かって一太郎は冗談を言い、笑い、また来いよ、と手を振っていたのだ。

癌の宣告を受けてから、たった三ヵ月しか経っていなかった。

涙でかすむ一太郎の寝顔を見て蛍は、一週間前を思い出していた。

「また来いよ。父さん待ってっから」。病院の入り口で一太郎はそう言って手を振り、蛍に背を向けた。

カラカラと点滴スタンドのキャスターの音が、薄暗い廊下に小さく響いていた。

一太郎の後ろ姿は、八十歳近い老人のように、小さく弱々しく見えた。

一太郎は、蛍が病院に着いてから三十分も経たないうちに、静かに息を引き取った。

一太郎の人柄を表しているかのような、穏やかな、優しい最期だった。

月明りに照らされた、穏やかな波の音が小さく聞こえていた。

蛍は家族を一人、また一人と失う度に、涙もろくなっていた。

雅江が亡くなってからは、感情のコントロールができなくなる事もあった。


不幸は続いた。

雅江は癌に侵《おか》されていた。

一太郎の一周忌が終り、間もない頃だった。

寒さがぐっと厳しくなった十二月の初め、蛍に雅江から一本の電話があった。

腹痛がひどく、体調がすぐれないと言う。

以前から体調が悪かったらしいが、最近は特に腹痛が激しいらしい。

蛍は、自分のマンションに来て、こっちの街の病院で検査に行くよう勧めたが、雅江は家を離れるのを嫌がった。

一太郎が死んだ後、蛍は何度か雅江に一緒に暮らす事を考えて欲しいと伝えていたが、雅江は一人で村で暮らすとがんばっていた。

蛍は嫌な予感がしていた。

ここ一年の間で、雅江はずいぶんと痩せて行った。

顔色も悪く、もともと色白の雅江は時には青ざめて見える事もあった。

三年の間に息子と亭主に先立たれては、痩せるのも体調を崩すのも当り前かとも思うが、蛍の中には何か、別の予感がしていた。

結局雅江は、一太郎と同じ病院で検査を受ける事にした。

村から一番近い、総合病院だった。

万一、入院や通院になっても一人で大丈夫と考えていたらしい。

幸い、病院から村とは逆方向に車で二十分も走ると、雅江の五つ年下の妹がいた。

案の定、検査入院がそのまま闘病生活となった。

大腸癌だった。

かなり進行していて、癌の進行を四つに区切るなら、三段階目。つまり末期癌との事だった。
手術も一応はして見るが、たぶん手遅れだろうと言われた。
蛍の頭の中は、真っ白になった。

逝かないで

蛍はまるで、異次元の空間を漂うように、足音もなくふらふらと病院を後にした。

雪が降り、根雪になり始めたクリスマスの日、雅江の手術が始まった。

手術室前の廊下の長椅子に座っている。

蛍と雅江の妹である叔母。

和枝と葉子には、電話で知らせたが、すでに北海道にいない二人はどうする事もできなかった。

それは、蛍も叔母も同じだった。

和枝と葉子。二人共、電話口で泣いていた。

長椅子の上で叔母は、下を向いていた。

時折、鼻を啜《すす》ってはハンカチで目を押さえていた。

蛍は真っ直ぐ前を向いていた。

廊下を通る看護婦さんや、パジャマでウロウロする患者は、映画のシーンのように見えた。

日中の病院の中にも関わらず、蛍の耳には何の音もなかった。果てしなく永い時間が、流れていた。

手術で取り除けば、大丈夫だと信じたい気持ちがあるのに、蛍の中の何かが信じる事を拒絶していた。

結果は同じだった。

リンパ腺にも転移していた。後は痛みに対しての対処や、状態の変化に応じて投薬するといった、延命治療だけだった。

長く生きられて、来年一年。状態によっては無理かもしれない。

蛍の様子を伺いながら、静かに医者は告げた。

雅江には、癌の事は言わなかった。

リンパ腺の病気で、長く入院が必要になる。体調の良い時は家に帰れるからと説明した。

蛍は離れている不安はあるが、好きにさせてあげようと思った。

住み慣れた村から、一太郎や子供達と暮らした家から、雅江は離れたくないのだ。

日常の細々した世話は、叔母が引き受けてくれた。

蛍は休みを利用して、できるだけ雅江の所へ顔を出した。

年が明け、まだ遠くの山に雪が残っている三月の終り、九州から和枝が来た。

中学二年生の姪《めい》と、小学五年生になる甥《おい》を連れて来た。

入院と聞いて、心配で夜もろくに眠れない。安心したくて、春休みを利用して来たと言い、十日間を村で雅江と過ごした。

七月の初めに、東京から葉子が来た。

長く入院しているようだから、一度御見舞に来てやった、と恩着せがましい事を言い、一週間毎日村から病院へ通った。

哀しく、楽しい一年だった。

蛍は十八歳で家を出てから、こんなにたくさん雅江と会い、会話をした事はなかった。

会社に事情を話し、できる限り有給を使っていた。

雅江の最期は、彼女の人生のように忙しく、苦しみが多かった。

様態が悪くなり、個室に移った四日目の明け方、雅江は逝った。

個室にいる間中、蛍は雅江に付き添っていた。

強い痛みで苦しんでいた。

薬の副作用で、幻覚を見ているようだ。

時折蛍を見たが、雅江の目は別の世界を見ているようだった。

「幸太郎、お父さん、早くお母さんを楽にしてあげて。迎えに来てあげて」

蛍は祈る事しかできなかった。

気丈な雅江は、何度か心不全を起こしては、復活し、手を抜くことなく病気と闘い力尽きるように逝った。

雅江は何に対しても諦めなかったし、逃げなかった。

貧乏からも、世間の目からも、苦労からも。

そして病気からも――。
そんな強い雅江だから、癌は容赦《ようしゃ》なく全力で暴れたのかもしれない。
雅江の逝った朝、大きな太陽は地平線から堂々と昇って来た。
病室の窓から見える海は、眩《まぶ》しい光に輝いていた。
蛍が小学三年生の時の夏休みと同じ海だった。
季節はまだ五月だと言うのに、海だけは暑い夏の海だった。

空っぽの家

雅江が逝ってから四ヵ月後――。

九月の空は高く、良く晴れていた。

蛍は叔母と二人で家の整理をしていた。

古過ぎて売りに出せない蛍の実家に、引き取り手がついたのだった。

家を壊すにしても、大変なお金が必要なのでどうしようかと困っていた時に、家を使いたいと申し出てくれた人がいた。

蛍の同僚の叔父さんが、釣り用の宿に使いたいと言ってくれた。

海釣りが趣味の叔父さんは、偶然にも蛍の村によく釣りに出かけているとの事だった。

一年間で六回から十回は仲間と一緒に蛍の村の海まで行くが、泊まる所に不便をしていた。

社員食堂で、たまたま蛍が家の事を口にしたのがきっかけだった。

話を聞いた同僚が、海好きの叔父さんに蛍の話をすると、叔父さんは喜んで使いたいと言ってくれた。

必要がなくなった時に、家を壊し後始末をしてくれるという、願ってもない条件だった。

寂しさと同時に、蛍は嬉しかった。

正直、自分で家を壊す準備をして、壊れた後の何もない土地を見るのは辛かった。

家は、一太郎と雅江が結婚した時に中古で買ったが、土地は借地だった。

住む人も、使用する人もいなくなった家をそのままにはできなかったのだ。

蛍は雅江が死んでから、何度も家に来ては少しずつ整理をしていた。

この日は最後の日だった。

数え切れないほどの想い出と、愛情の詰まった家。

三人の娘がこの家を出て行き、息子が死に、夫が死んだ。

隙間風の冷たいこの家に一人残った雅江は、毎日をどんな思いで過ごしたのだろう。迫り来る病魔の不安と、どう闘ったのだろう。これほど良く晴れ上がった秋空の下で、家族のいなくなった家だけが、重く寂しい空気に包まれていた。

長椅子の上の座布団に、手を掛けた時だった。

蛍の右手の指先に触れた物があった。

雅江の靴下のカバーだった。

紺色で足の甲の所にゴムが付いている。

カバーの底には、デニムの布が縫い付けてあった。

すぐ底が痛んでしまうカバーに、雅江が自分で縫い付けたものだ。

デニムの布は、兄弟の誰かの古いジーパンを使ったのだろう。

カバーは雅江の足の癖が残ったまま、座布団に潰《つぶ》されていた。

雅江が元気の良い頃には、見られない物だった。

几帳面な雅江は、着る物や履《は》き物は常にきちんと洗い、片付けていた。

カバーを胸に押し付けるように抱いた蛍の嗚咽《おえつ》した声が、西日の差し込んだ茶の間に広がっていた。

見えない恐怖

蛍の身体に異変が起きたのは、家の処理が済んで間もなくだった。
最初の異変に気付いたのは、自宅で一人夕飯を食べていた時だった。
ご飯が飲み込めない。
喉《のど》に何かが詰っている。
口の中が乾き、舌の表面がカサカサしていた。
苦しくて、息ができない。
最初に気付いた時は、気のせいだと思った。
次は気管支喘息《ぜんそく》の発作かと思った。
何かが違う。
胸の中が苦しい。

立っても、四つん這《ば》いになっても胸に何かが重く伸し掛かっている。
苦しい、呼吸ができない。
大きく口を開け息を吸い込んでも、喉で突っ掛かって息ができない。
トロッとした、蜂蜜のような液体の中で溺れているような感覚だった。
状態は日、一日と悪化して行った。
何日か経つと、寝ようとして蒲団に入る頃にも同じ感覚に襲われた。
身体も、心も疲れている。
眠りたい。
眠りたい。
明日も仕事、眠らなくては――。
苦しい。
助けて。
眠らせて。
蛍の中の何かは、ますます大きくなり、その時間は長くなっていた。

白い天井、白い壁、白いカーテン。
見知らぬ部屋。
久々に深い眠りから覚《さ》めた時だった。
蛍は病院にいた。
寝不足と過労で、職場で倒れたのだった。
医師は蛍の容態を診て、話を聞いた。
そして、軽い睡眠薬と心療内科の案内状を書いてくれた。
蛍は心療内科など、関係ないと思っていた。
どこか内臓に疾患があると思っていた。
両親共に癌だった……
自分もきっと、癌になったのだろう。
一週間の有給休暇を取り、病院で検査を受けよう、早期発見なら助かるはずだ。
最初の四日間は、総合病院や、個人の内科など五つの病院を回った。
残りの三日間は、すがるように心療内科へと通った。

状態はどんどん悪くなっていた。
不眠、死への恐怖、呼吸困難——。
異次元にいるような感覚——。
浴室が怖い、トイレが怖い、外が怖い——。
蛍の身体が、全身から悲鳴を上げていた。

復活

蛍は三年近く、カウンセリングに通った。
最初の一年は一週間に一度。
二年目は、一ヵ月に一度か二度通った。
学生時代からの友人が何人か、同じ街に住んでいた。
友人達の温かい優しさと、気遣いが心に沁《し》みた。
雅江が死んでから三年目の夏。
珍しく、お盆をはさんで夏休みが取れた。
蛍は、村に帰りお墓参りをしようと決めた。
村よりは遠いが、同じ方向にまり子の住んでいる町があった。
まり子に会いに行こう。

一泊して、それからお墓参りに行こう。

日常の生活に不便はなかったが、精神安定剤と睡眠薬はいつも持ち歩いていた。

久しぶりに、長距離を運転する。

蛍は子供の頃の初めてのお泊り会のように、楽しみな気持ちと不安でドキドキしていた。

出発の朝は、清々《すがすが》しい雲一つない抜けるような青空だった。

マンションの屋上の駐車場で空を見上げ、目を瞑《つむ》り大きく息を吸い込んだ。

息を吐くと同時に、パッと目を開けた。

目に飛び込んだ青空は、蛍を応援しているように見えた。

カーステレオにお気に入りのCDを入れた。

一九八〇年代前半の、サザンの曲が静かに流れて来た。

蛍はゆっくりと、駐車場から大通りへと車を走らせた。

真っ青な空と、透明で青い海、裸足で砂の感触を楽しみながら、昨日の事を思い出していた。

久しぶりに会ったまり子は、元気でパワーが溢《あふ》れていた。

子育てと家事に追われる忙しい日々の中で、まり子はきちんと自分を持っていた。

妻として、母としてのまり子だけではなく、一個人としてのまり子がいた。

まり子もやはり、蛍と同様に自分の母親を尊敬し、また母親のような人生は送りたくないと考えていた。

まり子は、中学教師の父親と専業主婦の両親の間で育った。

まり子の母親も又雅江と同じように、父親と子供を優先に家庭を守って来た人だ。

自己主張の強いまり子は、女の家庭での立場や、社会的な位置、自由についてを忘れる事はしなかった。

蛍もまり子も日本の正しい母親、正しい妻のいる家庭で育ったのだった。

二人は全く別の対照的な生活環境で暮らしていたが、久しぶりに会っても会話や感覚がズレる事はなかった。

同い年のまり子とは、生きる場所は違っても、精神的な成長のスピードが一緒なのだ。

蛍は子供の頃を思い出す時、いつも三年生の頃を思い出す、とまり子に話していた。

まり子は少し考えて、自分もその頃の事はよく憶えていると言った。

まり子は小学二年生の息子の友達関係で、担任の先生に相談をした事があった。

年配の男の担任はまり子に、今の時期は何も心配はいらないと告げた。

大半の子供達は、三年生で自我が強くなり、自分で選んだ友達と付き合う傾向にあると言う。

一年生、二年生のうちは家が近所だったり、席が隣同士の友達と遊ぶ事が多い。だから心配はいらない。

まり子も蛍も、何となく納得した。

新しい世界へ

蛍は海を見つめながら、暗く、長い迷路の洞窟から抜け出そうとしていた。
海のきれいなこの場所で、蛍とまり子は出会った。
海は、幸太郎の死を見ていた。
海の見える場所で、一太郎が死んだ。
雅江が死んだ。
蛍の転機を、海はいつも見ていた。
洞窟に一筋の光が差し込んだ。
温かい、和らかな光が蛍の心の闇に広がっていく。
自分を取り戻したい。
自分の中にある何かを、見つけたい。

夢を探しに行きたい。

無償の愛をくれた一太郎と雅江。

二人がいなくなったこの世界。

頼ることもできず、守ってもらうこともないこの世界の中で、強く生きていかなければならない。

いいえ、生きてみたい——。

長い間眠っていた、もう一人の蛍が目を覚《さ》ました。

パッと迷路が消えた。

同時に、眩《まぶ》しく光る洞窟に強い日差しが入って来た。

光の先には、広く大きな海が蛍を待っていた。

海は輝きに満ちていた。

蛍の中から迷いは消えた。

蛍を縛るものは、もう何もなかった。

安定した収入。

物に囲まれた生活。
社会から身を守るための仕事。
仕事――。
いつの間にか仕事は蛍から、自由を奪っていた。
仕事をしているおかげで、ご飯を食べ、好きな服を買い、自由に遊べると思っていた。
でも、それは経済的な事でしかなかった。
経済的な豊かさと引き換えに、自由を見失ってしまった。
勤続年数の長さが、収入の多さ。
社会的信用、将来の安定の保障。
空腹を満たす食事から、美味しい食事へ。
季節に合った服から、お洒落な服へ。
必要な生活用品から、好みの高級品へ。
常に新しい物を追い続け、生活は便利になる一方で、大切な心のかけらが一つずつ、少しずつ消えていく。
ぬるま湯に浸かったような生活の中で、ストレスだけが繁殖する。
本当の自分と、仮面を被った自分がある。
そんな蛍の生き方。
多分一太郎の死をきっかけに、本当の自分が外に出ようとしたのだろう。
長く、短い人の一生。
限りある時間の中で、心も幸せに生きたい。
目の前に広がる海は、蛍の秘めた決意に静かに何度も繰り返し、拍手を贈っていた。

あとがき

この小説は、二〇〇二年の春に「海」をテーマに書いた短編を大幅に書き直したものです。

短編の時に上手く書けなかった、六人家族について書けたことを嬉しく思います。

蛍のモデルは自分自身です。私にはこの世で会うことができなかった兄弟が二人います。

私の下に、一人流産してしまった弟がいました。もちろんその子の存在は、子供の頃から知っていました。ところが、もう一人の存在は全く知りませんでした。母が亡くなり二年が過ぎた頃に、初めて知りました。母の苦悩と悲しい過去も一緒に……。

その時漠然と、六人家族を小説の中で実現したいと思いました。姿なき兄弟を文字でこの世に残したいと、確かに存在したことを形に残そうと決めました。

出版を決心するまで、幾つか心の葛藤がありました。

主人の助言と協力。金銭的、精神的に大きな支えがなければ出版は実現できませんでした。

そして文芸社の長谷川氏は、私に大きなチャンスをくれました。本当に有り難うございました。

つたない原稿から本へと形を変えて下さった編集の方々、他出版にたずさわった皆様に心より、感謝致します。

一久 妃子

著者プロフィール
一久 妃子（いちひさ ひこ）
本名・川合真妃子
1965年、北海道長万部に生まれる。
1984年3月、北海道立八雲高等学校卒業。卒業後、札幌市に住む。17年間販売の仕事をする。2002年8月に専業主婦になる。結婚12年、子供はなし。夫と二人暮らしで、趣味はカヌー、スキーと散歩。

起点

2003年7月15日　初版第1刷発行

著　者　一久 妃子
発行者　瓜谷 綱延
発行所　株式会社文芸社
〒160-0022　東京都新宿区新宿1－10－1
電話　03-5369-3060（編集）
03-5369-2299（販売）
振替　00190-8-728265

印刷所　東洋経済印刷株式会社

ISBN4-8355-5924-X C0093